とびきりすてきなクリスマス

リー・キングマン作
山内玲子訳

岩波少年文庫 241

クリスマスのよろこびと愛《あい》を
いつもおしみなくあたえてくれた
G.B.K. と L.W.K. に

THE BEST CHRISTMAS
Text by Lee Kingman
Illustrations by Barbara Cooney

First published 1949 by Doubleday & Company, Inc., New York.

First Japanese edition published 1990,
this paperback edition published 2017
by Iwanami Shoten, Publishers, Tokyo
by arrangement with Mary Lee Natti.

もくじ

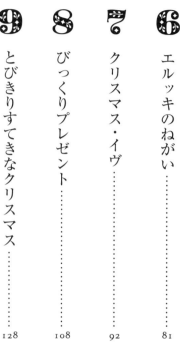

さし絵　バーバラ・クーニー

とびきりすてきなクリスマス

1 クリスマスがやってくる！

クリスマスがやってくる！
　クリスマスがやってくる！

エルッキ・セッパラは、まっくらな道《みち》をあるきながら、おもいっきり大きな声《こえ》でうたいました。クリスマスのことをおもうと、しあわせでむねがはちきれそうでした。せいいっぱいの大声《おおごえ》でうたっても、冬《ふゆ》のゆうぐれには、かぼそく、さむそうにしかきこえませんでしたが、気になりませんでした。

クリスマスのことをおもっただけで、こんなにあたたかくてわくわくした気分《きぶん》になるのは、なぜでしょう。プレゼントのせい？　教会《きょうかい》にかざられる金の星《ほし》と、クリスマス・ツリーのせい？　それとも、よい子にしていたかい、ってきいてくれるサンタクロースのせいでしょうか？　それとも、クリスマスになると、家族《かぞく》がみんなあつまって、いっしょに楽《たの》しくすごすからでしょうか？

エルッキは、からだをあたためようとして、走《はし》りだしました。道《みち》は海岸《かいがん》からずっとのぼり坂《ざか》になっているので、潮《しお》のにおいのする風《かぜ》が海《うみ》から吹《ふ》きつけて、エルッキをおしまくりました。でも、もうじきクリスマスだとおもうと、エルッキはさむいのなんか気になりませんでした。

風《かぜ》が、だんだん強《つよ》くおしてくるので、エルッキはとうとう風《かぜ》と競争《きょうそう》になりました。風《かぜ》といっしょに、とぶようにして、坂《さか》をのぼりました。坂《さか》のてっぺんまでくると、エルッキはたちどまって、ふりかえりました。風《かぜ》があまり強《つよ》くて、しばらくは目があけられませんでした。それから、海《うみ》のほうをながめました。海《うみ》は、つめたい灰色《はいいろ》がかった青い色《いろ》をしていましたが、イプスウィッチ湾《わん》のむこうの岬《みさき》のまわりだけ、お日《ひ》さまが沈《しず》んだあとの明《あか》るい色《いろ》がひとすじのこっていました。空はくらくひろがって、いちばん星《ぼし》がまたたいていました。

その星《ほし》は、はるかかなたで、小さくひかっていました。エルッキたちのクリスマス・ツリーのてっぺんにつける銀紙《ぎんがみ》の大きな星《ほし》のほうが、ずっとほんものの星《ほし》のようにおもえました。でも、エルッキは、空の星《ほし》にむかっておね

がいをしました。

「もうじきクリスマスです。どうぞ、とびきりすてきなクリスマスにしてください。」

感謝祭《かんしゃさい》からずっと毎晩《まいばん》、こうおねがいしていたのです。

エルッキがおねがいをするはしから、風《かぜ》がそのことばを吹《ふ》きとばしました。エルッキはくるっとむきをかえると、家《いえ》のほうへ走《はし》っていきました。セッパラ家《け》は農家《のうか》です。家《いえ》はリンゴの木のあいだにうずくまって、大西洋《たいせいよう》からうなりをあげて吹《ふ》いてくる強《つよ》い風《かぜ》から、かくれようとしているようでした。エルッキは裏口《うらぐち》をあけて、だいどころにつづく物置《ものおき》へ、足音をたてて入《はい》っていきました。

犬たちが、おかえりというようにとびついてきたので、エルッキはブーツ

をぬぐまえに、すこしあそんでやりました。それからコートとぼうしをくぎにかけてから、だいどころのドアをあけようとしました。セッパラ家《け》では、冬《ふゆ》になると、だいどころが一家《いっか》だんらんの場《ば》になるのでした。

だいどころがどんなようすだか、エルッキにはよくわかっていました。赤いチェックのテーブルクロスのかかった大きなテーブルがあって、食事《しょくじ》のときは、家族《かぞく》みんながそこにあつまるのです。ゆげでくもった窓《まど》には、テーブルクロスとおそろいの赤いチェックのカーテンがかかっていて、クリスマスの花輪《はなわ》のようにはなやかでした。

だいどころのすみには、大きな黒《くろ》い石炭《せきたん》ストーブがあり、そのそばにゆりいすがふたつあって、いつもだれかがすわっていました。お父さんかお母さんがすわっていたり、お姉《ねえ》さんが年下《としした》の子をだいてミルクを飲《の》ませたり、泣《な》いている子をあやしたり、いすをゆらしてねかせたりしました。ときには、小さい子がひとりでよじのぼることもありました。足をまっすぐ前《まえ》にのばしてすわっても、ブーツがやっといすのはじから出るぐらいです。両手《りょうて》でしっかりうで木《ぎ》をつかみ、からだをゆすっているうちに、やがて、いすもゆれはじめます。

だいどころは、パンやパイを焼《や》くこうばしいにおいや、シチューのにえるおいしいにおいがしているでしょう。だいどころはいつも、おおぜいの人でいっぱいでした。家族《かぞく》だけのときでさえ、いっぱいでした！

セッパラ家《け》は、大家族《だいかぞく》でした。まず、お母さんとお父さん。背《せ》がたかくて、もうおとなのマッティは、船《ふね》にのって石をはこぶ仕事《しごと》をしていますが、仕事《しごと》のくぎりがつくと、早く家族《かぞく》のみんなにあいたかったというように、息《いき》せききってかえってきます。ほっそりした、金髪《きんぱつ》のセイマは、ちかくのグロスターの町のパン屋《や》ではたらいています。それから、丸顔《まるがお》でいつも笑《わら》っているミッコはもう十六歳《さい》。学校も卒業《そつぎょう》したので、はたらくことができます。まじめで、ものしずかなアイリは十二歳《さい》で、お母さんの手伝《てつだ》いをよくします。そのつぎが、エルッキ。もう満《まん》十歳《さい》になったので、まだ七つの弟《おとうと》アーニにくらべ

ると、ずっとおとなのような気がしています。ふたごのエラナとエイノは五歳《さい》で、よくさわぎます。三つのラウリは、みんなのじゃまにならないようになってきました。けれど、赤んぼのアンナは、ひとつになったばかりで、かんだかい声《こえ》で長《なが》いあいだ泣《な》きつづければ、そのうち、だれかがなんとかしてくれることを知《し》っていました。

みんながいちどに笑《わら》ったり、しゃべったり、うたったりすると、まるで大《だい》パーティのようににぎやかでした。

ところが、この晩《ばん》、エルッキが、「クリスマスがやってくる！」とうたいながらドアをあけると、だいどころには人がいっぱいいましたが、みんな、しんとしていました。お母さんがゆりいすにすわって両手《りょうて》で目をおおい、お父さんが、お母さんの肩《かた》をやさしくたたいていました。アイリとセイマが、

だきあって泣《な》いていました。年下《としした》の子どもたちにも、なにかわるいことがおこったとわかっていました。みんな話《はなし》もせず、おびえたように目をみはっていました。ミッコでさえ、いつもの笑顔《えがお》をわすれていました。

「どうしたの？」と

エルッキはききました。
「マッティがのっている船《ふね》に、なにかおこったんだ。二日前《ふつかまえ》に、ボストンに入港《にゅうこう》するはずだったのに、ゆくえがわからないんだって」とミッコが説明《せつめい》してくれました。
マッティの船《ふね》は、みかげ石の大きなかたまりをのせて、グロスターからボストンへ、あるいはニューヨークへはこぶ、大きな運搬船《うんぱんせん》でした。船《ふね》はゆっくり進《すす》むので、グロスターからボストンまで、三、四日もかかるのでした。
「マッティは、三日《みっか》か四日《よっか》でかえるって、それからこんどの仕事《しごと》がおわったら、春《はる》まではもう出かけないっていったのよ。」お母さんがいいました。

エルッキは、信《しん》じられませんでした。まさか、すばらしいお話《はなし》をしてくれるあのマッティに、なにかがおこるなんて！　もうじきクリスマスだというのに！

「お兄《にい》ちゃんは、クリスマスにはかえるっていったのに！」エルッキは、こういうのがやっとでした。

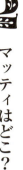

2 マッティはどこ？

ほかのみんなはそろってだいどころにいるのに、マッティひとりいないだけで、家《いえ》のなかは、からっぽでひっそりした感《かん》じでした。その日の夕食《ゆうしょく》は、これまでにないほど、しんとしていました。だれも、なにもいう気がしなかったのです。

夕食《ゆうしょく》のあと、お母さんとお父さんはストーブのそばのゆりいすにすわり、いつまでもゆらしつづけていました。アイリとセイマが、だいどころのとなりの小さな洗《あら》い場《ば》で、お皿《さら》をあらって、ふきました。エルッキとアーニが、

お皿《さら》をはこんで、戸《と》だなにしまいました。
いつもなら、お母さんがあみものをする時間《じかん》でした。子どもが十人もいる大家族《だいかぞく》ですから、お母さんはいそがしくて、毎年《まいとし》ひとりにひと組《くみ》のミトンをあむのがやっとでした。それで、ミトンはいつも、子どもたちへのクリスマス・プレゼントになるのでした。子どもたちは、お母さんがひとつひとつミトンをあんでいるのをじっと見ていました。明《あか》るい色《いろ》のしまもようのもあり、小さいもようがついているのもありました。

もちろん、大きいミトンもあり、小さいのもありました。でも、子どもたちは、それがだれのか、きいたことはありませんでした。

どのミトンをだれがもらうのかは、クリスマス・イヴに、いよいよクリスマス・ツリーからプレゼントをはずすときのお楽《たの》しみでした。お母さんは、名まえを書《か》いたカードが見えないようにして、ミトンをきれいな色《いろ》の毛糸《けいと》で、ツリーにつるしました。ミトンの親指《おやゆび》には、ぴかぴかの十セント銀貨《ぎんか》が入《はい》っていました。お父さんからのプレゼントです。去年《きょねん》は、セイマがおこづかいをためてキャンディを買《か》い、み

んなのミトンに入《い》れました。あざやかな色《いろ》のプレゼントでかざられたクリスマス・ツリーは、とてもはなやかできれいでした。

でも、今夜《こんや》はお母さんがあみものをしていないことに、エルッキは気がつきました。ラウリがやってきて、お母さんのひざに頭《あたま》をおしつけると、お母さんはラウりをだきあげて、やさしくゆすりました。まるで、子どもたちみんなを、大きい子も小さい子も、腕《うで》のなかにしっかりだきしめようとしているようでした。

エルッキは、なんどもクリスマスのことをかんがえました。マッティがかえってこなくても、クリスマスのお祝《いわ》いはするのでしょうか？　もうこれいじょう、知《し》らないまま待《ま》っていることはできませんでした。

「クリスマス・ツリーをさがしに森にいくのは、いつなの？」と、エルッキはお父さんにききました。

「そうだ、もうじきクリスマスだったね。」お父さんは、びっくりしたようでした。どうして、おとなはクリスマスのことで、そんなにおちついていられるのでしょう。子どもたちは一年間《ねんかん》ずっと待《ま》っていたというのに。

「そうだねえ。あしたからちょうど二週間《しゅうかん》でクリスマスだ。」お父さんは、エルッキの金色《きんいろ》の髪《かみ》をかきまわして、わらのようにくしゃくしゃにしました。

「クリスマスのまえの土曜日《どようび》にしよう、おまえとミッコもいっしょにおいで。」

エルッキは、にこにこ顔《がお》になりました。

やっぱりツリーをたてるんだ、そして、ぼくがさがしにいくんだ！　どんな木がいいか、もうわかっていました。緑《みどり》の枝《えだ》のかげに小さい茶色《ちゃいろ》の実《み》がたくさんついているモミの木です！

そのとき、お母さんがいすをゆするのをやめました。ねむっているラウリの頭《あたま》が、

こっくんとまえにたおれました。

「どうしてそんなめんどうなことをするの？」お母さんがお父さんにききました。「マッティがいなければ……クリスマスもなにもないでしょうに！」

お母さんが「めんどう」というのがきこえたとき、エルッキはもうツリーどころではなくなりました。クリスマスがめんどうだって？　エルッキは、クリスマス・イヴにろうそくに火をともして窓《まど》べにおいてから、クリスマスの夜《よる》ねるまえにそれを吹《ふ》き消《け》すまで、クリスマスはだれもが楽《たの》しいのだとばかりおもっていました。だって、クリスマスはすばらしいじゃない！　クリスマスのどこがめんどうなの？

ほかの子どもたちも、お母さんのことばをきいていたにちがいありません。みんなストーブのまわりにあつまってきました。

アーニは、青い大きな目でじっとお母さんを見つめて、「ツリーはたてないの？」と、ささやくような声《こえ》でききました。
エラナは、口をあけました。いまにも、わっと泣《な》きだしそうです。
エイノは、「どうして？」と大きな声《こえ》でききました。一日に百回《かい》もきくのですが、いまはたいせつな「どうして？」でした。
お母さんは子どもたちの顔《かお》を見ました。みんな、お母さんの答《こた》えをまっていました。それで、とてもたいせつなことがきまるのです。

スケートぐつをなおしていたミッコは手をやすめ、アイリとセイマもじっときいていました。「クリスマスがどういう日だか、わすれていたようね。」ようやくお母さんがいいました。「クリスマスをお祝《いわ》いしないなんて、おかしいわね。」
「そうよ！」みんな、にっこりしました。
「もちろん、クリスマスはお祝《いわ》いしましょう、それから、ツリーもたてましょうね。」お母さんも、またにこにこしました。「それまでに船《ふね》が見つかって、マッティがうちにかえっているといいわねえ。」

お母さんは、ラウリをセイマにわたし、いすの背《せ》にかけてあるあみものの袋《ふくろ》に手をのばしました。その袋《ふくろ》はいつもそこにかけてあって、いすがゆれるたびに、やさしくいすの背《せ》にぶつかるのです。袋《ふくろ》をあけると、あみかけのミトンが出てきました。お母さんの指《ゆび》はいそがしくうごき、赤い毛糸《けいと》と青い毛《け》糸《いと》を、かわるがわるあんでいきました。

エルッキはあくびをしました。夕ごはんのまえにさむい海岸《かいがん》まで散歩《さんぽ》にいってきたせいか、ねむくなったのです。そこで二階《かい》の寝室《しんしつ》へいって、「クリスマスがやってくる！」とかんがえながらねむりました。

3 エルッキのおもいつき

でも、翌朝《よくあさ》、さむくてふるえながら目がさめたとき、エルッキは「クリスマスがやってくる！」の歌《うた》をおもいだしましたが、すぐにべつのことにも気がつきました。もしマッティがかえってこなかったら、大きいプレゼントはないんだ！

マッティは、船《ふね》ではたらきはじめてから三年間《ねんかん》、毎年《まいとし》クリスマスには、わくわくするようなプレゼントを買《か》ってくれました。お母さんのあったかいミトンや、お父さんのぴかぴかひかる十セント銀貨《ぎんか》が、うれしくなかったわけではありません。十人も子どもがいて、服《ふく》や食《た》べ物《もの》や家《いえ》にお金《かね》がかかるので、おもちゃやゲームを買《か》ってもらえないのは、わかっていました。クリスマスに、お母さんはよくいいました。「みんなにあげるいちばん大きいプレゼントは、わたしたちの愛情《あいじょう》ですよ。」

でもマッティは、弟《おとうと》や妹《いもうと》に、それぞれがいちばんほしがっているプレゼントを買《か》ってくれたのです――おもちゃの手《て》おし車《ぐるま》やそりやゲームや人形《にんぎょう》などでした。子どもたちのおもちゃは、マッティが買《か》ってくれたものだけでしたが、今年《ことし》はなんにもないかもしれません。みんな、どんなにがっかりすることでしょう。

マッティは出かけるまえ、みんなになにがほしいか、ききました。エルッキは、からだぜんたいがのるぐらい大きい、あたらしいそりがほしい、といいました。いまもっているのは小さくて、やっとおなかがのるぐらいなのです。

とびきりすてきなクリスマスになんか、なりっこないや。ベッドのなかでふるえながら、エルッキは、もうクリスマスは楽《たの》しみにしないことにきめました。くるまった毛布《もうふ》からはい出て、きがえをするのもいやでした。

「エルッキ！」お母さんがエルッキを呼《よ》んでおこしました。こんなことは、感謝祭《かんしゃさい》からずっと、いちどもありませんでした。ストーブのない部屋《へや》は、ひえきっていました。お日《ひ》さまも出ていませ

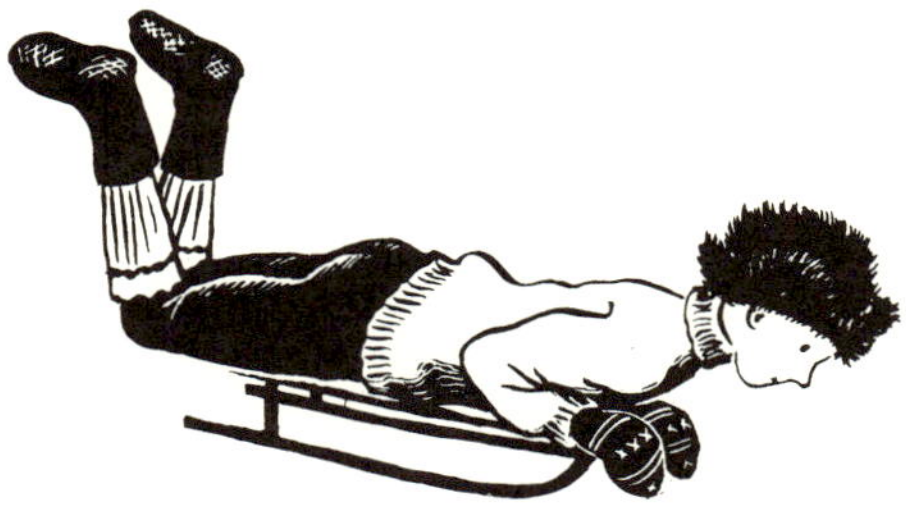

ん。灰色《はいいろ》の、じめじめした、さむい、いやな日でした。
エルッキは、朝《あさ》ごはんのときも、あまり口をききませんでした。学校でも、ぼんやりかんがえごとをしていました。
学校がおわると、家《いえ》までずっと氷《こおり》のかけらをけりながらかえり、たちどまって海《うみ》を見ようともしませんでした。コートとぼうしは、くぎにかけずに、物置《ものおき》の床《ゆか》にぬぎすてました。こんなもんかけたって、なんになる？　ぼうしを部屋《へや》のすみにけっとばしたとき、ちょうどお母さんが、たまごのかごをもって入《はい》ってきました。

「エルッキ！」お母さんはいいました。「もっとだいじにしなきゃ、そのぼうし、もう一年もたないわよ。」

エルッキは、肩《かた》をすくめていいました。「かまうもんか！」

「もうじきクリスマスね」とお母さんはいいました。

「うん。」エルッキはいいました。「でも、マッティがいなけりゃ、今年《ことし》はあんまりいいクリスマスになりそうもないよ。」

「エルッキ。」お母さんは、たまごをそっと床《ゆか》におくと、エルッキの肩《かた》に手をかけて、じぶんのほうへむかせました。しかることはできませんでした。

子どもたちはみんな、マッティのことをとても心配《しんぱい》しているのです。お母さんは、みんながマッティからのプレゼントをあてにしていたことも、知《し》っていました。

「マッティがかえってこなくても、いいクリスマスにしましょうね。どうしてだか、わかる？」

エルッキは首《くび》をふりまし

た。
「そうすれば、マッティがよろこぶからよ。兄《にい》さんは、いつもわたしたちに、クリスマスのほんとの楽《たの》しみをおしえてくれたでしょ。だから、マッティがよろこぶことをしましょう。それに、きっとかえってきますよ。」お母さんは、希《き》望《ぼう》にみちた、力《ちから》づよい声《こえ》でいいました。「さあ、コートとぼうしをかけておいで、それから家《いえ》へ入《はい》って、あったかいミルクをお飲《の》み。」
エルッキがぼうしをひろおうとしてかがむと、ぼうしは見おぼえのない板《いた》きれの上にのっていました。板《いた》きれのうしろには、子ども用《よう》の手《て》おし車《ぐるま》についていたらしい木の車輪《しゃりん》がふたつありました。どうしてここに、こんなものがあるのでしょう。

もしかしたら……。

ミルクを飲《の》もうとしていたエルッキは、急《きゅう》にいいことをおもいつきました。あんまりすばらしいおもいつきなので、あついミルクをごくんと飲《の》んでしまいました。

「あちーっ!」エルッキはあわてていいました。「のどをやけどしてしまった。外《そと》へいって、ひやしてくるよ。」

エルッキは物置《ものおき》にとびこんで、板《いた》と車輪《しゃりん》をひろいあげようとしました。そこへアーニが入《はい》ってきました。

「なにしてるの?」アーニはききました。

なにかおもしろそうなことをいえば、アーニがかならず首《くび》をつっこんでくるのはわかっていましたから、エルッキは、「納屋《なや》にはこぶんだよ。手伝《てつだ》うかい？」といっただけでした。
「やめとくよ」といって、アーニはすぐに出ていきました。エルッキは板《いた》と車輪《しゃりん》をかかえて、納屋《なや》へいそぎました。
納屋《なや》には大きな作業台《さぎょうだい》がありました。お父さんが、大工仕事《だいくしごと》をしたり、道具《どうぐ》を修理《しゅうり》したりするところです。あたりはもうくらくなりかけていましたが、エルッキは、灯油《とうゆ》ランプに火をつけて安全《あんぜん》なところにかけるやりかたを知《し》っていました。

エルッキは台《だい》の上にはこんできたものをならべました。板《いた》のほかに、車輪《しゃりん》がふたつ、とってにぴったりの横木《よこぎ》のついた長《なが》い柄《え》、それから、古《ふる》いほうきの柄《え》がありました。それは、車輪《しゃりん》のまん中にある穴《あな》にちょうどはまるように、両端《りょうはし》がほそくけずってありました。

エルッキはうれしくて、にっこりしました。アーニのクリスマス・プレゼントにする手《て》おし車《ぐるま》をつくるのに、必要《ひつよう》なものばかりでした。マッティは手《て》おし車《ぐるま》をつくろうと計画《けいかく》していたにちがいありません。

エルッキは金《かな》づちをとり、板《いた》をくぎでうちつけて、箱《はこ》をつくりました。仕《し》事《ごと》をしながら、そっと口笛《くちぶえ》を吹《ふ》きました。足がひえていくのにも、気がつき

ませんでした。納屋《なや》の作業台《さぎょうだい》のはんたいがわには、牛小屋《うしごや》があって、牝牛《めうし》がむしゃむしゃと口をうごかしていました。牝牛《めうし》のあたたかい息《いき》が、さむい納屋《なや》に白くながれていきました。

　エルッキはむちゅうで仕事《しごと》をしました。箱《はこ》のできあがりが早くみたくて、あわてて金《かな》づちで指《ゆび》をうってしまいました。まもなく、箱《はこ》

はできあがりました！　ふちがすこしざらざらしていましたが、じょうずになめらかにけずりました。

　車輪《しゃりん》をほうきの柄《え》にとりつけて、はずれないでよくまわるようにするのに

は、とても時間《じかん》がかかりました。マッティがかんがえていたとおりではなかったかもしれませんが、とにかくできあがったとき、エルッキはうれしくてたまりませんでした。箱《はこ》は、ふたつの車輪《しゃりん》をつなぐ軸棒《じくぼう》の上に、ぴったりおさまりました。あとは、しっかりと固定《こてい》して、まえに長《なが》いとってをとりつけるだけでした。

手《て》おし車《ぐるま》ができあがったとき、お母さんが夕食《ゆうしょく》に呼《よ》んでいる声《こえ》がきこえました。いままでなにをしていたか、いわないですむ方法《ほうほう》は

ないでしょうか？　それから、アーニに見つからないようにするには、どこにかくしたらよいでしょうか？
納屋《なや》のなかを見まわすと、灯油《とうゆ》ランプの光《ひかり》のなかに、二階《かい》のほし草置《くさお》き場《ば》の端《はし》から、ほし草《くさ》がすこしのぞいているのが見えました。エルッキは、すぐに手《て》おし車《ぐるま》をもってはしごをのぼり、

ほし草《くさ》の下につっこんでかくしました。こうしておけば、だれも気づかないでしょう。あとはペンキをぬるだけ、それでアーニのクリスマス・プレゼントができあがります。

エルッキはランプを消《け》して、これまで心《こころ》のなかでうたっていた「クリスマスがやってくる！」の歌《うた》を、口笛《くちぶえ》で吹《ふ》きはじめました。納屋《なや》の戸《と》をしめるときは、その口笛《くちぶえ》も、なにかひみつをかくしているようにきこえました。

空には、あのいちばん星《ぼし》がひかっていましたが、いそいでいたので、とびきりすてきなクリスマスをおねがいするひまはありませんでした。

夕食《ゆうしょく》を食《た》べにだいどころへ入《はい》っていくと、アーニが「どこにいってたの、エルッキ?」とききました。

「ちょっと、そとに」とエルッキはいいました。でも、ついにこっとしてしまったので、舌《した》をかんでやっと笑《わら》い出すのをおさえました。

その夜《よ》、エルッキは、ひみつをむねにだいて、早くねました。あのひみつのプレゼントのことばかり頭《あたま》にうかんで、つい話《はな》してしまいたくなるからです。けれど、ねてしまうまえに、弟《おとうと》や妹《いもうと》たちがほしいといっていたものをぜんぶおもいだして、どうやってそれをつくったらよいか、かんがえようとしました。なにか買《か》うお金《かね》はありませんでした。手《て》おし車《ぐるま》にぬる赤いペンキがいります。小さい汽車《きしゃ》をつくるための材木《ざいもく》もいります。それに、エラナのための人形《にんぎょう》は、どうやってつくったらいいのでしょう？　女の子って、よりによってつくりにくいものをほしがるんだから！　でも、マッティにできるんだったら、エルッキにもできるはずです。

4

クリスマス・ツリーをさがしに森へ

クリスマスまでの日は、どんどんすぎていきました。エルッキは、「クリスマスがやってくる！」の歌《うた》を口笛《くちぶえ》で吹《ふ》くひまもありませんでした。マッテイがつくるつもりで用意《ようい》したものがもっとないか、あちこちさがしてみましたが、なにも見つかりませんでした。

手《て》おし車《ぐるま》をぬるペンキもさがさなければなりませんでした。赤いペンキは、車輪《しゃりん》をぬるだけしかありませんでしたが、黒《くろ》いペンキがたくさん見つかったので、箱《はこ》を黒《くろ》くぬりました。黒《くろ》い箱《はこ》と赤い車輪《しゃりん》の手《て》おし車《ぐるま》は、石をつんだ貨《か》車《しゃ》をひっぱる小さな採石機関車《さいせききかんしゃ》のようで、とてもきれいでした。

でも、ほんとうに採石機関車《さいせききかんしゃ》のようにするためには、金のうずまきもようがいります。エルッキは黄《き》色《いろ》のペンキとほそい筆《ふで》を見つけてきて、箱《はこ》のふちにくるくるとうずまきもようを描《か》きました。

それから、機《き》関車《かんしゃ》はみんな名まえがついているので、〈急行《きゅうこう》みかげ石号《いしごう》〉と書《か》きました。字《じ》はすこしふらついていましたが、名まえはとてもりっぱです。エルッキはペンキをかわかしているあいだに、アーニがプレゼントを見つけてしまわないかとて

も心配《しんぱい》で、アーニが納屋《なや》にちかづくたびに、おいはらおうとしました。
ところが、アーニのほうは、エルッキがいつもこそこそとにげるようにするので、気にしていました。
夕がたエルッキが物置《ものおき》に入《はい》ってきたとき、となりのだいどころでアーニがお母さんに不平《ふへい》をいっているのがきこえました。「ぼくはもう、ちびたちと遊《あそ》ぶには大きすぎるんだよ、お母さん。それなのに、エルッキったら、ぜんぜんいっしょに遊《あそ》んでくれないんだもの。」

「エルッキはとてもいそがしそうじゃない」とお母さんがいいました。

「エルッキったらね、きのうわたしからオートミールの丸《まる》い箱《はこ》をひったくっていったのよ。」アイリがいいました。「空《から》かどうかふってみて、それからそのままもっていってしまったわ。わたしはただ、すてようとしていただけなのに。」

くらい物置《ものおき》のなかできいていたエルッキは、くすくす笑《わら》いました。オートミールの箱《はこ》は、とても役《やく》にたつのです。

「それから、エルッキは、どうしてお母さんのはぎれ袋《ぶくろ》をさぐっていたの？」セイマがききました。「ミッコにたのまれて、空気銃《くうきじゅう》をそうじするぼろきれをさがしているっていってたけど、あたしの古《ふる》いビロードのうわぎをきりとっていったし、ししゅうのしてある布《ぬの》ももっていったのよ。」

エルッキは、大声《おおごえ》で笑《わら》い出さないように、口を手でおさえました。みんな、きっとびっくりするぞ！

「ぼく、エルッキに、ぼろきれなんかたのまなかったよ」とミッコがいいました。

「おや、おや。」お母さんはびっくりしたように、でも、うれしそうにいいました。「クリスマスがちかづくとマッティもそうだったけど、エルッキのようすは、もっとわけがありそうね。」

マッティの名まえが出ると、だいどころはしんとしずまりました。エルッキが入《はい》っていくと、みんな心配《しんぱい》そうな顔《かお》をしていました。

「船《ふね》がゆくえふめいになってから、もう十日《とおか》になるのね」とアイリがいいました。

お母さんはゆりいすに、元気なく腰《こし》をおろしました。でも、アンナがよちよちとやってきて、腕《うで》をのばすと、お母さんは、アンナをだきあげて、やさしくゆすってやりました。そのあいだに、お姉《ねえ》さんたちがテーブルに夕食《ゆうしょく》の用意《ようい》をしました。

お父さんがかえってくると、みんなお父さんを見あげました。口には出しませんが、みんなおなじことをたずねていました。お父さんは、だまってただ首《くび》をふりました。

翌朝《よくあさ》、お父さんがエルッキの小さな部《へ》屋《や》のドアをあけて、いいました。「さあ！　おきなさい。森へいくんだよ。」

エルッキはねむそうにいいました。

「なにしに？」

「クリスマス・ツリーをさがしにだよ。」

エルッキは、ベッドからとびおりました。クリスマスは、もうそんなにちかづいていたの！　あと四日《よっか》で、もうクリスマス・イヴなんだ！

服《ふく》をきながら、エルッキはこれまで用《よう》意《い》したプレゼントを心《こころ》のなかでかぞえてみました。アーニの手《て》おし車《ぐるま》と、ふたごと、ラウリと、アンナにあげるおもちゃはできました。でも、アイリとミッコとセイマには、まだなにもかんがえていません。それに、なによりも、お母さんとお父さんがいます。マッティなら、きっとひとりひとりになにか用《よう》意《い》したでしょう。

エルッキがオートミールを食《た》べるあい

だに、ミッコとお父さんは、といしでおのをといでいました。そのヒューヒューという音がきこえました。食《た》べおわるとすぐ、エルッキはぼうしをぱっとかぶって、とび出しました。

「エルッキ、もどっておいで。」お母さんが呼《よ》びとめました。「外《そと》はひどいさむさだよ、わからないの？」

しばらくじっとしているだけで、鼻《はな》の先《さき》がじーんとして、耳がちくちくしました。つめたい冬《ふゆ》の風《かぜ》が、うわぎをとおして吹《ふ》きつけました。エルッキが外《そと》に出てくるのを、まちかまえているようでした。エルッキはポケットに手をつっこんで、「さむくなんかないよ」とつよがりをいいました。

「もどっておいで。」お母さんはエルッキを、物置《ものおき》のなかにひきもどしました。「さあ、この古《ふる》い冬《ふゆ》のシャツをきて。それから、首《くび》にマフラーをまくのよ。それから、これ――」そういうと、お母さんはサンドイッチがたくさん入《はい》っているナップザックをとって、エルッキの背《せ》中《なか》にかけました。「ナップザックをせおったところは、すっかり一人前《いちにんまえ》ね！」

シャツは大きくて、ひざのあたりでひらひらしていましたが、エルッキはよろこびいさんでとび出していき、お父さんとミッコといっしょに、クリスマス・ツリーさがしに出かけました。

すこしだけ降《ふ》った今年《ことし》はじめての雪《ゆき》は、風《かぜ》が吹《ふ》きとばし、お日《ひ》さまがとかしてしまっていま

した。林のなかの、日があたらない、くぼんだところだけ、まだ雪《ゆき》がのこっていました。地面《じめん》は雪《ゆき》がなく、こおってかたくなっていました。

三人は足ばやにあるきました。セッパラ家《け》の農場《のうじょう》から、岬《みさき》のてっぺんにある、荒《あ》れたさびしいドッグタウン共有地《きょうゆうち》まで、七、八キロもあったからです。

エルッキは、お父さんと兄《にい》さんにおくれないように、大またであるきました。だれも話《はなし》をしませんでした。口をあけると、つめたい空気がのどにながれこんできて、むせそうになるのです。林を出て、共有地《きょうゆうち》にさしかかるころには、エルッキは頭《あたま》ががんがんして、息《いき》がきれてあえぎました。

お父さんはそれに気がついて、びっくりしました。「去年《きょねん》マッティといっしょにきたときのことをおもいだしていたんだ。だから、おまえの足が、あんまり長《なが》くないことを、ついわすれてしまっていたよ。」お父さんはエルッ

キをしっかりとだきしめました。「どうして、ちょっと休《やす》みたいっていわなかったんだね？」

エルッキはちらっと笑《わら》うのがせいいっぱいで、なにもいうことができませんでしたが、休《やす》みたいといわなかったことを、ほこらしくおもいました。

ミッコはいいました。「そういうときは、きゅうに休《やす》まないほうがいいんだよ。さっきよりゆっくりにして、あるきつづけよう。」

「いよいよ、モミの木をさがすんだ。」お父さんがふたりにいいました。

三人は、森にちかづいて、よさそうな木をさがしながら、あるきつづけました。

「モミの木があったよ！」とエルッキがさけびました。息《いき》がおちついてきたので、大声《おおごえ》を出すことができました。

「なるほど、モミの木だ。」お父さんがいいました。「いい形《かたち》をしているかどうか、見てみよう。」

エルッキは、じぶんよりも高《たか》いその木のまわりをぐるりと走《はし》ってみて、報《ほう》告《こく》しました。「片側《かたがわ》にしか枝《えだ》がついていないよ。それに、実《み》もあまりついていない。」

三人はまたあるいていって、とうとうすばらしい木を見つけました。高《たか》さ

は二・五メートルぐらいもあって、茶色《ちゃいろ》の小さな実《み》がたくさんついていました。

「さて」とお父さんがいいました。「まずおべんとうを食《た》べよう。それからこの木をきりたおすんだ。」

5 ドッグタウンの森で

大きな岩《いわ》のかげにすわると、お日《ひ》さまがあたって、冬《ふゆ》の風《かぜ》もそれほどつめたく感《かん》じませんでした。三人はお母さんがナップザックにつめてくれたサンドイッチを、おいしく食《た》べました。

サンドイッチを食《た》べながら、お父さんがいいました。「おまえたちともっと森のなかですごすことができたら、どんなにいいだろうねえ。それから、リンゴかサクラの木の枝《えだ》を見つけたいなあ。けずってナイフの柄《え》をつくりたいんだよ。」

「まえにはお父さん、よく木をけずって、いろいろなものをつくっていたね」とミッコがいいました。「ぼくに、おもちゃのボートをつくってくれたことがあったね。」

「そうだったなあ。」お父さんがいいました。「だけど、いまのわたしは、木彫《きぼ》りをする時間《じかん》はあっても、その木をさがしにいく時間《じかん》がないんだよ。それができたら、楽《たの》しいだろうなあ。」そういって、お父さんはため息《いき》をつきました。

「ぼくにも彫《ほ》りかたをおしえてくれる時間《じかん》があるといいのにね」とミッコがいいました。

エルッキは、冬《ふゆ》のつよい日《ひ》ざしをあびたお父さんの顔《かお》をじっと見ました。顔《かお》はしわがたくさんあって、とても年《とし》とって見えました。冬《ふゆ》のくらい朝《あさ》や長《なが》い夜《よる》につけるランプの光《ひかり》のなかでは、気づかなかったことでした。

「わたしもまだ若《わか》いんだ。」お父さんがいいました。

エルッキはびっくりして、お父さんを見ました。さいきん、耳なれないことをいろいろききました。はじめは、クリスマスがめんどうだということ、そしてこんどは、お父さんがじぶんはまだ若《わか》いというのです！　お父さんはいまでも、エルッキとおなじように、これからしたいことを夢《ゆめ》に描《えが》いたりす

るのでしょうか？　お父さんもやっぱり、クリスマスを楽《たの》しみにしているのでしょうか？

「お父さんは、クリスマスが一年じゅうでいちばんだいじな日だとおもう？」とエルッキはききました。

お父さんの青い目がかがやきました。「そうだなあ――うん、そうおもうよ。」お父さんはいいました。

「ぼくたち、いちどもお父さんにプレゼントをあげたことがないのに。」エルッキは、お父さんがどうしてクリスマスがだいじだとおもうのか、ふしぎな気がしました。

「いいや、くれているとも」とお父さんがいいました。「おまえたちがしあわせそうにして、心《こころ》がよろこびでいっぱいになって、目をかがやかしているのを見れば、父親《ちちおや》にとっては、それにまさるプレゼントはないんだよ。」

「でも、いろいろほしいものがあるでしょう？」エルッキは、かんがえかんがえいいました。

お父さんは笑《わら》いました。「まあ、おまえも、おとなになってみればわかるさ！　それに、クリスマスは、プレゼントをもらうだけの日じゃない。イエスさまのお誕生日《たんじょうび》なんだよ。だから、だいじなのは、プレゼントをあげたいとおもう心《こころ》なんだ。」

ミッコがまちきれないように、たちあがりました。「さあ、早くこの木をきりたおそうよ。そうでないと、これを家《いえ》にはこばないうちに、クリスマスがきてしまう。」

エルッキはふたりにいいました。「ぼくがこの木をきりたおすんだ。」

「えーっ、エルッキが！」ミッコがいいました。「おまえには、きり目をつけることだってできないよ。」そういうと、ミッコはおのをもって、モミの木のほうにいこうとしました。

「まあ、まちなさい。」お父さんがいいました。「みんなできりたおすんだ。」そして、おのをとって、エルッキにわたしました。「一回《かい》きってごらん。」

エルッキははりきって、力《ちから》いっぱい、おのをふりあげました。お父さんとミッコはいそいでよけました。おのが木にくいこみ、みきに白いきずがつきました。エルッキはむちゅうだったので、お父さんがあわてておのをとりあげても、気になりませんでした。お父さんとミッコは、かわるがわる木にきりつけました。

「そこのあいたところにたおすぞ」とお父さんがいいました。

「エルッキ、ここへおいで。もう一回《かい》か二回《かい》、きってごらん。」

エルッキは力《ちから》いっぱいきりつけました。すると、「ぎいーっ！」

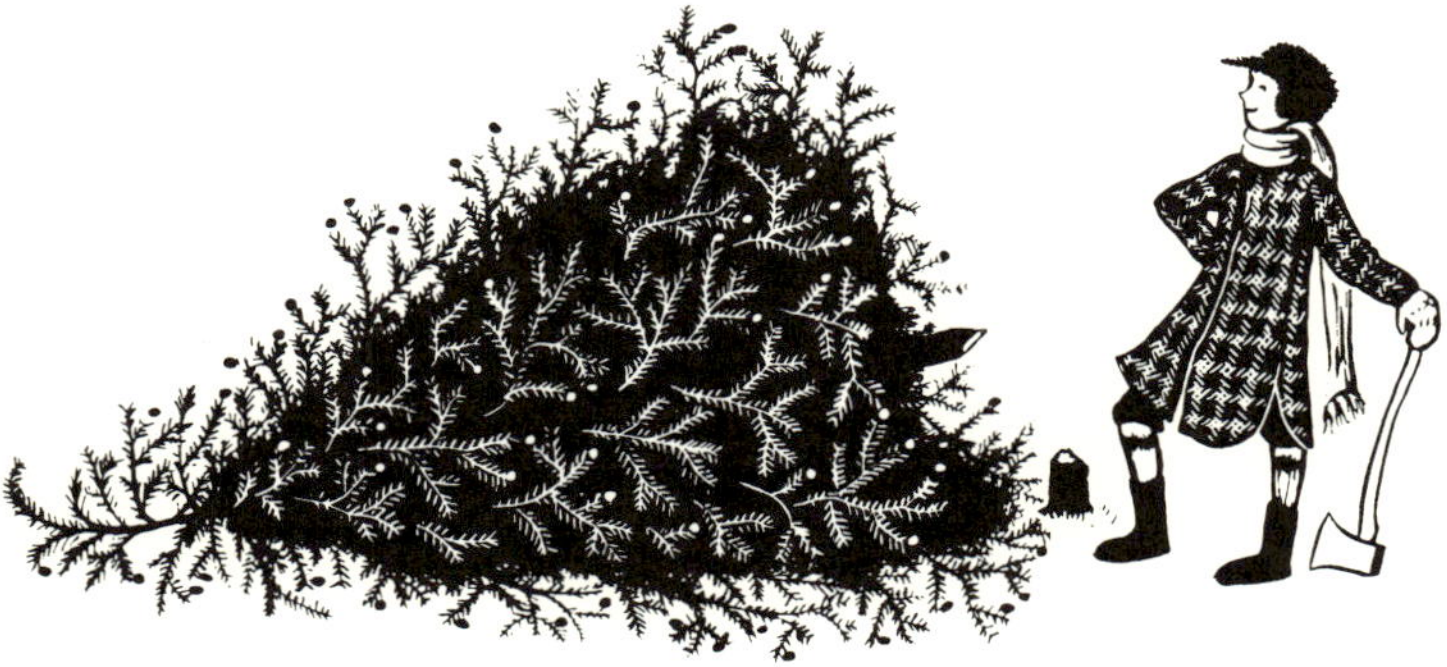

と音《おと》をたてて、木はゆっくりと空《あ》き地《ち》のほうへたおれかけました。もうひと打《う》ちきりつけると、「ぎぎいーっ！」ともっと大きな音《おと》をたてて、木は地面《じめん》にたおれました。

「ようし！」お父さんはいいました。「さあ、エルッキはナップザックをせおっておくれ。ミッコとお父さんでこの木をかついでいこう。」

ふたりは、気をつけて木をもちあげました。実《み》がすこし落《お》ちました。エルッキはとくにかんがえもせず、それをひろいました。ふたり

のあとをあるきながら、森をとおっていくうちに、ぱらぱらと落《お》ちてくる実《み》をひろうのがおもしろくなり、とうとうナップザックがモミの木の実《み》でいっぱいになりました。

家《いえ》につくと、「この木は、クリスマス・イヴまで、納屋《なや》に入《い》れておこう」とお父さんがいいました。

エルッキは、モミの木の実《み》を作業台《さぎょうだい》の上にざあっとあけました。

「それ、どうするつもり？」ミッコがききました。「ツリーにのりではりつけるのかい？」

エルッキは、「まさか！」といって笑《わら》いました。なんておかしなことをかんがえるのでしょう。そのとき、黄色《きいろ》のペンキのかんが目にとまりました。

エルッキはもっとよいことをおもいつきました。

「ぼくは、あとからいくよ」とエルッキはふたりにいいました。

翌朝《よくあさ》はやく目をさましたとき、エルッキはお父さんのクリスマス・プレゼントをもうきめていました。ベッドから出ると、さむくないようにしっかりと身《み》じたくをしました。

だいどころへいって、お母さんがストーブにひと晩《ばん》じゅうかけてつくっておいたオートミールをひとりで食《た》べました。ナップザックも見つけました。

そして、お日《ひ》さまがのぼって、空にかがやきはじめるとすぐ、エルッキは出かけました。
外《そと》はとてもさむく、森へむかってあるいていくと、はく息《いき》が白くなりました。昼《ひる》ごろかえってきて、納屋《なや》にナップザックをかくしたとき、エルッキは、お父さんとミッコとお母さんのクリスマス・プレゼントの準備《じゅんび》をすませていました。もう、クリスマスがまちどおしくて、しかたがありません。

6 エルッキのねがい

月曜日《げつようび》と火曜日《かようび》は、いつまでもおわらないようにおもえました。学校は休《やす》みだったので、友《とも》だちとそりすべりにいくこともできたのですが、エルッキはいきませんでした。ゆくえふめいの船《ふね》とマッティの消息《しょうそく》は、まだわかりません。セッパラ家《け》では、いつもの年《とし》のような、クリスマスをむかえるよろこびとわくわくする気分《きぶん》が、今年《ことし》は感《かん》じられませんでした。夜《よる》、一家《いっか》がランプをともしたテーブルのまわりにあつまると、だいどころのすみずみは、ぞっとするほどしずまりかえっていました。

火曜日《かようび》に大雪《おおゆき》が降《ふ》りました。窓《まど》から外《そと》をのぞいても、うずをまいて降《ふ》りつづける雪《ゆき》しか見えませんでした。エルッキはお父さんと、牝牛《めうし》と馬《うま》にえさをやりに外《そと》へ出たのですが、家《いえ》から納《な》屋《や》までの道《みち》も見えないほどでした。目をあけていられないような雪《ゆき》あらしのなかで、船《ふね》が岩《いわ》にのりあげないように鳴《な》っている、さびしい霧笛《むてき》の音のほかは、な

にもかも、しんとしずまりかえっていました。エルッキは、ぶるっとふるえました。

「なんだか、みんな、なにかをまっているみたいだね。」エルッキはお父さんに話《はな》しかけました。

「そうだよ。」お父さんがいいました。「わたしたちはみんな、まっているんだ。」

マッティがぶじにかえってきてくれさえすれば！　やかんがストーブの上でしゅんしゅんとゆげをたてているだいどころでさえ、霧笛《むてき》の音が鳴《な》りひびいているようにおもわれました。

けれど、午後《ごご》もおそくなってから、雪《ゆき》あらしがやみ、空が晴《は》れました。セッパラ家《け》の人びとは、夕食《ゆうしょく》のまえにからだをのばしたり走《はし》ったりしようと、家《いえ》からとび出しました。みんなの目のまえで、お日《ひ》さまがイプスウィッチ湾《わん》のむこうにしずみはじめました。雪《ゆき》におおわれた丘《おか》がまぶしくかがやいて、目をあけていられないほどでした。

お母さんは戸口《とぐち》にたっていました。もう心配《しんぱい》そうな顔《かお》はしていません。「こんなすばらしい夕やけは、きっとなにかの知《し》らせよ。」お母さんはいいました。

翌朝《よくあさ》目をさましたとき、エルッキは、クリスマスの前日《ぜんじつ》であることを、もうすこしでわすれるところでした！　しばらくベッドにねたまま、かんがえました。みんなが教会《きょうかい》からかえってきたときびっくりするように、マッティからのプレゼントをツリーの下におくには、どうすればいいのでしょう。そのとき、エルッキは、じぶんも教会《きょうかい》にいって、ほかの子どもたちといっしょに、クリスマスの暗唱《あんしょう》をしなければならないことをおもいだしました。

「お母さん。」エルッキは朝《あさ》ごはんを食《た》べながらききました。「教会《きょうかい》にいって暗唱《あんしょう》をしなくてもいいかしら？」

「まあ、エルッキ！」お母さんはあわててふりむいたので、ストーブの上のなべを落《お》としてしまいました。「ぐあいでもわるいの？」

「そうじゃないんだ」とエルッキはいいました。「だけど、みんなが教会《きょうかい》にいってるあいだ、ぼくがうちにいて、るすばんしようかなとおもったんだよ。ストーブが消《き》えないようにしたり、それから――」

「ストーブはそれぐらいの時間《じかん》、ほうっておいてもだいじょうぶよ。」お母さんはいいました。「ツリーのかざりつけは、教会《きょうかい》にいくまえに、みんなですればいいし。」そしてもういちど、きびしい顔《かお》をしてエルッキを見ました。

「暗唱《あんしょう》の文をまだおぼえていないんじゃないの？」

エルッキはますます、ゆううつな顔《かお》になりました。マッティのプレゼントをおもいつくまえにはおぼえかけていたのですが、いまは、はじめの一行《ぎょう》さえおもい出せません！

「ああ。」エルッキはうめきました。「ぜんぜんおぼえてないよ。」

「そうだろうとおもったわ！」お母さんはいいました。「日曜《にちよう》学校の本に出ているんでしょう？」

お母さんはエルッキの日曜《にちよう》学校の本を見つけてくれました。みんながうちと教会《きょうかい》で話《はな》しているフィンランド語《ご》の発音《はつおん》が書《か》いてあって、ものがたりや詩《し》や、暗唱《あんしょう》の文章《ぶんしょう》ものっている本です。エルッキは、午前《ごぜん》ちゅうずっと部屋《へや》のすみにすわって練習《れんしゅう》したので、ようやく目をつぶって小さな声《こえ》でぜんぶいえるようになりました。

「おまえたちの暗唱《あんしょう》の文章《ぶんしょう》は、わたしのほうがよくおぼえているぐらいだわ」とお母さんはいいました。昼《ひる》ごはんのあとで、お母さんは小さい子どもたちに昼《ひる》ねをさせ、そのあいだに、大きい子どもたちは、サウナで蒸《む》しぶろに入《はい》りました。午後《ごご》おそく、お日《ひ》さまのかげが長《なが》くのびるころには、家族《かぞく》はみんな蒸《む》しぶろに入《はい》り、よそゆきの服《ふく》にきがえていました。

だいどころは、コーヒー・パンと、ミンスパイを焼《や》くいいにおいがしていました。お日《ひ》さまがしずんで、夕やみが海《うみ》のむこうからしのびよるころ、みんなはだいどころにあつまりました。
エルッキは、お母さんから白いろうそくをうけとり、ミッコに手伝《てつだ》ってもらって端《はし》をとかして皿《さら》にたて、火をつけてから、アーニにわたしました。アーニはそのろうそくを、だ

いどころの窓《まど》べにおきました。
それは、小さいけれどすばらしい光《ひかり》でした。ゆげでくもった窓《まど》ガラスにちらちらとゆれてうつっています。エルッキは、いちばん星《ぼし》にしたおねがいのことをおもいだしました。「ああ、おねがいです！」
エルッキは心《こころ》のなかでいのりました。「どうぞ、とびきりすてきなクリスマスにしてください。マッティがうちへかえれるようにしてください。」

そのとき、ミッコがとつぜん頭《あたま》をそらせて、クリスマスの歌《うた》をうたいはじめました。家族《かぞく》もみんないっしょにうたいました。だいどころじゅうに、しあわせな歌声《うたごえ》と、りょうりのおいしいにおいがうずまいていました。エルッキは、しんぞうがどきどきしはじめました。やっぱり、クリスマスらしい気《き》分《ぶん》になってきたのです！

7 クリスマス・イヴ

お父さんを先頭《せんとう》に、アンナをだいたお母さん、それから家族《かぞく》がひとりずつだいどころのドアから出ていきました。物置《ものおき》をとおるとき、コートやスカーフをとって、納屋《なや》のほうへ出ていきました。

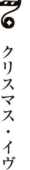

お父さんとエルッキがクリスマス・ツリーをもちあげました。ミッコのあいずで、みんなはとくべつに大きな声《こえ》でよろこびの歌《うた》をうたい、牝牛《めうし》と馬《うま》を楽《たの》しませせました。

それから、お父さんとエルッキは、実《み》をひとつも落《お》とさないように気をつ

けながらツリーをはこびました。二人がツリーを居間《いま》のなかへ入《い》れようとするあいだに、ミッコが納屋《なや》へ走《はし》っていって、砂《すな》を入《い》れたバケツをとってきました。そして、バケツのなかにみきをうめこみ、ツリーをまっすぐ、高《たか》だかとたてました。

「やあ、てんじょうにとどきそうだ！」アーニがさけびました。

「星《ほし》はどこ？」アイリがいいました。年上《としうえ》の女の子たちが戸《と》だなのまえにいすをもってきて、いつもはマッティがおろすクリスマスのかざりの箱《はこ》をおろしました。

「星《ほし》があった！」エルッキがいいました。お父さんがいすの上にたって、星《ほし》についている針金《はりがね》の輪《わ》を、ツリーのてっぺんにかけました。もうなん年も使《つか》っているので、銀紙《ぎんがみ》の星《ほし》はすこしくたびれていましたが、エルッキは、空のどの星《ほし》よりも大きく、きれいだとおもいました。

お母さんが、十組《くみ》のミトンをもって入《はい》ってきて、ツリーのまわりをそっとあるきながら、ミトンをつるしました。子どもたちはだれも、教会《きょうかい》からかえってくるまでは、どれがだれのミトンか見てみようなどとは、おもってもみませんでした。

セイマが、ステッキ形《がた》のキャンディのたくさん入《はい》った紙袋《かみぶくろ》をもって入《はい》ってきて、ひと組《くみ》のミトンに一本ずつ入《い》れました。お父さんも、ミトンの親指《おやゆび》に、ぴかぴかの十セント銀貨《ぎんか》を入《い》れました。

アイリとミッコは、去年《きょねん》みんなでつくった色紙《いろがみ》のくさりを箱《はこ》から出しまし

た。それから、ふたごのエラナとエイノ、アーニとエルッキが、くさりをツリーにかけました。アイリが銀色《ぎんいろ》にぬったトウワタの実《み》のさやもありました。ツリーにかけると、ランプの光《ひかり》のなかで、ほんのりとうかびあがりました。セッパラ家《け》のクリスマスのかざりのうち、買《か》ったものは、ツリーのてっぺんにかけた星《ほし》だけでした。

かざりつけがおわると、みんなうしろにさがって、ツリーをながめました。

「とってもきれいね、みんな」とお母さ

んがいいました。

お父さんはせきばらいをしましたが、なにもいいませんでした。

ミッコはくつのかかとをきちっとあわせ、背《せ》すじをしゃんとのばして、そっと口笛《くちぶえ》を吹《ふ》きました。アーニとふたごとラウリは、あまりものをいわず、星《ほし》とツリーをじっとながめるだけでした。

けれども、エルッキにはわかりました。小さい子どもたちはみんな、今年《ことし》のクリスマスのプレゼントはいまツリーにかかっているものだけだとおもっているのです。みんなが教会《きょうかい》にいっているあいだに、ツリーの下にプレゼントをそっとかくして、みんなをびっくりさせてくれるマッティがいないのですから。エルッキはあのひみつのことをおもって、にっこりしそうになりました。でも、笑《わら》っている人はだれもいませんでした。世界《せかい》じゅうのプレゼントをもらうよりも、プレゼントなんかなくていいから、マッティがかえってきてくれたら……と、みんなおもっているのです。

「あら。」お母さんがとつぜんいいました。「いそがないと、教会《きょうかい》におくれますよ。」

戸口《とぐち》のまえには、お父さんが、二台《だい》の大型《おおがた》そりをならべておいてありました。「ミッコ、ふたごとラウリをのせていきなさい。わたしは、アーニとエルッキとアイリをのせていくから。」

お父さんとミッコがそりをひっぱりはじめると、やわらかい雪《ゆき》がまいあがってみんなの顔《かお》にかかりました。けれども、道路《どうろ》に出ると、道《みち》は馬《うま》のひくそりでふみかためられていました。お母さんは片手《かたて》にアンナをだいて、セイマといっしょに、そりのあとからあるきました。

坂《さか》のてっぺんまできたとき、お父さんがお母さんに声《こえ》をかけました。「教《きょう》会《かい》まで、すべっていってもいいかな?」

お母さんが笑《わら》っていいました。「すべらないで、どうやってそのそりを坂《さか》のふもとまでおろすというんですか? あまりおぎょうぎがよいとはいえないけれど、いいでしょう、クリスマス・イヴですもの。」

それをきけば、お父さんとミッコには十分《じゅうぶん》でした。ひとおしすると、二台《だい》のそりはさあっと坂《さか》をすべっていき、子どもたちの笑《わら》ったりさけんだりする声《こえ》が、風《かぜ》にはこばれて、あとからあるいてくるお母さんとセイマにきこえました。

「フィンランドでわたしが娘《むすめ》だったころはね」とお母さんがセイマにいいました。「教会《きょうかい》が湖《みずうみ》のはんたいがわにあって、湖《みずうみ》ぞいの道《みち》はとおくてたいへんだったの。それで、いつもボートにのって教会《きょうかい》にいったものよ。」

ふたりが坂《さか》のふもとにつくと、お父さんのそりは学校の庭《にわ》に入《はい》って、雪《ゆき》の吹《ふ》きだまりのところでとまっていました。アーニとエルッキがいいました。

「上までもどって、もういちどすべろうよ。時間《じかん》はたっぷりあるんだから。」

「いけません。」お母さんがいいました。「さあ、しゃんとして。コートの雪《ゆき》をはらってあげるから。きちんとしなくてはね。ほかのみんなは、どこなの？」

もうひとつの雪《ゆき》だまりから、だれかがわめく声《こえ》がしました。お母さんがか
けつけると、ラウリが顔《かお》をまっかにして、大声《おおごえ》で泣《な》いていました。
「首《くび》すじに雪《ゆき》が入《はい》っただけだよ」とミッコがいいました。「けがでもしたみ
たいに泣《な》くんだから。」

コートをはたいたりふったりして雪《ゆき》をはらい落《お》としてから、セッパラ家《け》の
みんなはあつまって、しずかに道《みち》をよこぎって教会《きょうかい》へあるいていきました。
なかへ入《はい》ると、子どもたちはいそいで前列《ぜんれつ》の日曜《にちよう》学校のクラスの席《せき》にすわ
り、お母さんお父さんたちはうしろのほうにすわりました。今夜《こんや》は、子ども
たちが歌《うた》や暗唱《あんしょう》で、イエスさまのお誕生日《たんじょうび》をお祝《いわ》いするのです。

これまでエルッキは、いつもクリスマス・イヴの礼拝《れいはい》を楽《たの》しんだのですが、今夜《こんや》は、どうすればだれよりもさきにうちにかえって、プレゼントをツリーのまわりにおくことができるか、そのことばかりかんがえていました。

いちばん小さい子どもたちから、暗唱《あんしょう》がはじまりました。三つのラウリまで、小さい子どもたちのグループの暗唱《あんしょう》で、ふたつのことばをいいました。クリスマスについてのすてきな文章《ぶんしょう》だったのですが、小さな女の子がたちあがってことばをいう順番《じゅんばん》をまちがえたので、その文章《ぶんしょう》はすこしごちゃごちゃになりました。

エラナの番《ばん》がきたとき、エラナはたちあがっておじぎをして、ハンカチのふちかざりが見えるように気をつけて手を組《く》み、うたうようなちょうしで、かわいく詩《し》を暗唱《あんしょう》しました。エラナがちょっと頭《あたま》をさげて席《せき》にもどると、つ

ぎは、エイノの番《ばん》でした。
エイノは、きゅうきゅうと鳴《な》る、あたらしいくつをはいていました。じぶんの席《せき》からまえのほうへあるいていきながら、おぼえていたことばをいいはじめたので、「きゅう！　きゅう！」という音のほかは、あまりきこえませんでした。まえへ出てきたときはもういいおえていたので、おじぎをして、走《はし》って席《せき》にもどりました。

エルッキは、そわそわしました。村の子どもは、みんな暗唱《あんしょう》をしなければならないのです。やがて、アーニが大きな声《こえ》でゆっくり暗唱《あんしょう》しました。そして、とうとうエルッキの番《ばん》がきましたが、エルッキはプレゼントのことばかりかんがえていたので、なにをいっているのか、じぶんでもほとんどわかりませんでした。

年上《としうえ》の子どもたちが、クリスマスの特別《とくべつ》の歌《うた》をうたいました。牧師《ぼくし》さんのお祈《いの》りは、いつまでも、いつまでも、つづきました。それから、全員《ぜんいん》でうたいました。エルッキは賛美歌《さんびか》がみんな、今年《ことし》はいつもより十番《ばん》も長《なが》いような気がしました。

とうとう、牧師《ぼくし》さんがいいました。「階下《した》の日曜《にちよう》学校の部屋《へや》に、子どもたちのために、クリスマス・ツリーがかざってあります。それから、サンタクロースがきてくれるかもしれません。みんなで、階下《した》へいってみましょうか？」

それをきくと、子どもたちはいっせいに席《せき》からとびだし、階段《かいだん》のほうへ走《はし》っていきました。お母さんやお父さんたちは、教会《きょうかい》のなかだからしずかに、と注意《ちゅうい》しようとしましたが、あきらめました。

みんながさわがしく動《うご》きまわるこのときこそ、エルッキのチャンスでした。エルッキは、年上《としうえ》の男の子たちといっしょにいたミッコのところにかけよって、いいました。

「ミッコ、ぼく、ちょっとうちにいってくるよ。わすれものをしたんだ。おわりの時間《じかん》になっても、ぼくがまだもどっていなかったら、さきにかえったって、お母さんにいってね。」

エルッキは、コートとぼうしを見つけると、
ミッコがなにかきくまえに、とび出しました。

8

びっくりプレゼント

坂《さか》をかけあがると、エルッキは息《いき》がきれて、はあはあいいました。風《かぜ》はおだやかで、エルッキをおしあげてくれるだけの力《ちから》はありませんでした。

だいどころの窓《まど》でかがやいているろうそくのほかは、家《いえ》はまっくらでした。

エルッキはドアのかけ金《がね》をさぐりながら、かなしい気もちになりました。教《きょう》会《かい》では、サンタクロースが、「エルッキ・セッパラ」と呼《よ》ぶでしょう。でも、エルッキは、よい子にしていました、といって、プレゼントのキャンディをもらうことができないのです。

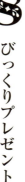

ようやくドアをあけると、エルッキは手さぐりで、くらい物置《ものおき》へ入《はい》りました。とつぜん、エルッキは、じぶんのほかにだれかがいるような気がしました。すみっこがいっかしょ、とくにしずかでくらく、なんだか生《い》きているものがいるように感《かん》じたのです。

でも、それを気にしているひまはありませんでした。エルッキはランタンを見つけて、火をつけました。そして、納屋《なや》へ走《はし》ってゆきました。アーニの小さな手《て》おし車《ぐるま》は、エルッキがつくったほかのものといっしょに、まだほし草《くさ》の下に

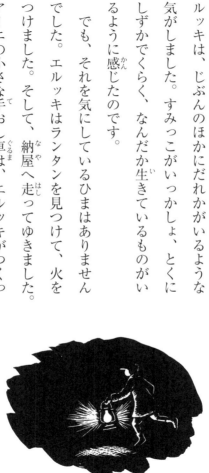

かくしてありました。エルッキは、気をつけてプレゼントをおろし、家《いえ》のなかへはこびました。
居間《いま》に入《はい》って、クリスマス・ツリーのそばにひざをつき、枝《えだ》の下に、プレゼントをおきました。エルッキはしあわせな気もちでながめていましたが、そのうち、どれにも名まえをつけなかったことをおもいだしました。いそいで紙《かみ》とえんぴつをさがしてくると、それぞれの名まえを書《か》きました。

エルッキは、「マッティより」と書《か》きかけましたが、マッティがぶじにうちにかえってきたとおもって、あとでやっぱりかえっていないことがわかったら、みんなどんなにがっかりするだろう、と心配《しんぱい》になりました。

けれども、エルッキは「エルッキより」とは書《か》きませんでした。これは、お兄《にい》さんのかわりにしているのですから。みんなの名まえを書《か》くと、プレゼントをツリーの下にならべて、それぞれの上に、名まえを書《か》いたカードをおきました。

いそげば、だれにも気づかれないうちに、教会《きょうかい》にかえれるかもしれません。エルッキはコートのボタンをかけると、坂《さか》をかけおりました。あまりいそいだので、坂《さか》のふもとでとまろうとしたとき、雪《ゆき》の吹《ふ》きだまりに顔《かお》からつっこみそうになりました。

エルッキが日曜《にちよう》学校の部屋《へや》にそっと入《はい》っていったとき、ちょうどサンタクロースのこういう声《こえ》がきこえました。「いないんですか？　もしかしたら、やっぱりよい子ではなかったのかな。」

エルッキは、顔《かお》がまっかにほてるのを感《かん》じ、コートの下でからだをちぢめました。これまではいつも、エルッキにとって、サンタクロースに会《あ》うのは、たいせつなひとときでした。サンタクロースは、ひとりひとりの子どもの目をじっと見ます。よい子だったかね、とききときは、白いひげが重《おも》おもしくゆれるのです。たいていなん人《にん》かの小さい子どもが、こわがって泣《な》きだします。すると、サンタクロースはにっこり笑《わら》って楽《たの》しそうに目をかがやかせ、キャンディの入《はい》った、赤いネットのくつ下《した》をわたしてくれるのでした。

ところが、そのとき、ミッコがサンタクロースのまえにすすみ出ました。

ミッコのクラスの大きい男の子たちが、はやしたてました。ミッコの年《とし》の子どもたちには、キャンディはないのです。

「あのう」とミッコはいいました。「ぼくは、エルッキ・セッパラの兄《あに》です。エルッキはよい子だったとおもいます。そのキャンディをいただけないでしょうか。エルッキはさきにかえらなければならなかったのです。」

「いいとも、いいとも」といって、サンタクロースは、キャンディ入《い》りのくつ下《した》をミッコにさし出しました。それをうけとると、ミッコは顔《かお》をまっかにして、足音をたててもどりました。

エルッキは、ミッコがキャンディをくださいといってくれたとき、おもわず明《あか》るい気分《きぶん》になりました。クリスマス・プレゼントをなんにももらわないのは、とてもざんねんなことですもの！

サンタクロースは、キャンディをみんなくばってしまうと、からになった袋《ふくろ》を肩《かた》にかけ、また来年《らいねん》もくるよと大きな声《こえ》で約束《やくそく》しながら、出ていきました。

お父さんやお母さんたちは、目をかがやかせている子どもたちを呼《よ》びあつ

めました。セッパラ家《け》の家族《かぞく》がひとところにあつまるのには、しばらく時間《じかん》がかかりました。

かえり道《みち》、ミッコとお父さんは、ゆっくり坂《さか》をのぼりました。子どもたちをのせたそりは、とても重《おも》かったのです。家《いえ》につくと、みんな、きゅうにしんとしました。そして、なんとなくうろうろしているので、とうとうお父さんがドアをおしあけ、「ひえてしまうよ。さあ、入《はい》った、入《はい》った」といって、みんなを家《いえ》に入《はい》らせました。

エルッキは、かわるがわる片足《かたあし》でたちながら、みんなどうして家《いえ》に入《はい》らないんだろうと、じれったくおもいました。マッティがいないのでさびしいのはわかっていましたが、みんながいつプレゼントを見つけるか、まちどおしくてたまりませんでした。

エルッキは居間《いま》にいちばんさきに入《はい》ろうとして、アーニの足につまずき、それから、もうすこしでラウリをつきとばしそうになりました。こんなにわくわくするクリスマスは、いままでありませんでした！

ツリーのまわりにあつまったときも、みんな、枝《えだ》の下にかくしてあるプレゼントには、なかなか目がいきませんでした。いつものミトンのほかは、なにもないとおもっているからなんだ、とエルッキは気がつきました。だれだって、ありもしないものをさがして、枝《えだ》の下を見ようという気にはならないでしょう。

お父さんがひと組《くみ》ずつミトンをはずして、「さあ、すばらしいプレゼントだよ」といいながら、みんなにわたしはじめると、エルッキはもう、じっとしていられないほどでした。

そのとき、ラウリがツリーの下にはいっていって、きいきい声《ごえ》をあげました。エルッキはさっとかがんで、ラウリがほかの子どものおもちゃを見つけて、それをほしがったりしないように、気《き》をくばりました。

たちまち、家族《かぞく》みんなが枝《えだ》の下をのぞきこみました。プレゼントを見つけるたびに、よろこびの声《こえ》があがりました。

「見て、ちっちゃい汽車《きしゃ》だ！」

「お人形《にんぎょう》もよ！」

「手《て》おし車《ぐるま》もある！」

エルッキは、お母さんがからだをおこして、期《き》待《たい》にみちて部屋《へや》を見まわすのに気づきました。ほかのみんなも、見まわしています。マッティはどこ？ というように。

みんながふしぎがってしんとしたとき、エ

ルッキは小さな、消《き》え入《い》るような声《こえ》でいいました。「ぼく、マッティがするつもりだとおもってやったの。だから、これ、ほんとにマッティからのプレゼントなんだよ。」

「おまえがつくったのね！」お母さんは、エルッキを愛情《あいじょう》をこめてゆすりました。「ああ、エルッキ！　なんてすばらしいクリスマスにしてくれたのでしょう。」

「この手《て》おし車《ぐるま》、ほんとに兄《にい》ちゃんがつくったの？」アーニが、〈急行《きゅうこう》みかげ石号《いしごう》〉をカーペットの上でひっぱりながら、ききました。

エルッキはただうなずきました。みんなが大よろこびで、話《はな》したり笑《わら》ったりしているので、なにをいったらいいのか、わからなかったのです。お母さんとお父さんは、プレゼントをひとつひとつ見て、すばらしいとほめました。エイノのプレゼントは、アーニの手《て》おし車《ぐるま》とよくにているけれど、ずっと小さい、かわいい手《て》おし車《ぐるま》でした。

アンナの名まえがついたビロードのまりを見て、セイマは笑《わら》いました。「あたしの古《ふる》いうわぎだわ！」セイマがまりをアンナ

にわたすと、アンナはうれしそうに、ぎゅっとだきしめました。「エルッキ、針《はり》と糸《いと》をかりにきたのは、これのためだったのね？」
エルッキははずかしそうに笑《わら》いました。
「ほんとは、たいへんだったんだ。まりのおかげで、まだ指《ゆび》がいたいよ。針《はり》でなんどもついてしまったから。」
ビロードの残《のこ》りは、エラナの人形《にんぎょう》のきれいなドレスになりました。たしかに、それはあまりよい人形《にんぎょう》とはいえませんでした。からだは棒《ぼう》を釘《くぎ》でうちつけただけなので、手足がうごかないのです。でも、頭《あたま》は小さなゴムのまりで、顔《かお》が描《か》いてありました。いちばんすばらしいのは、人形《にんぎょう》がオートミールの空《から》の箱《はこ》でつくった家《いえ》に入《はい》っていることでした。窓《まど》があいていて、戸口《とぐち》が赤くぬってありました。エラナはさっそく人形《にんぎょう》ごっこをはじめました。人形《にんぎょう》のゴムの顔《かお》が、オートミールの箱《はこ》の窓《まど》から、外《そと》をのぞいていました。

ラウリのプレゼントは、木《き》ぎれでつくったおもちゃの汽車《きしゃ》でした。ひっぱってあそべるように、長《なが》いひもがついていました。

「お母さんたちは、まだプレゼントを見ていないじゃない！」とつぜん、エルッキがいいました。

お母さんとお父さん、セイマとアイリとミッコは、びっくりしたようにき

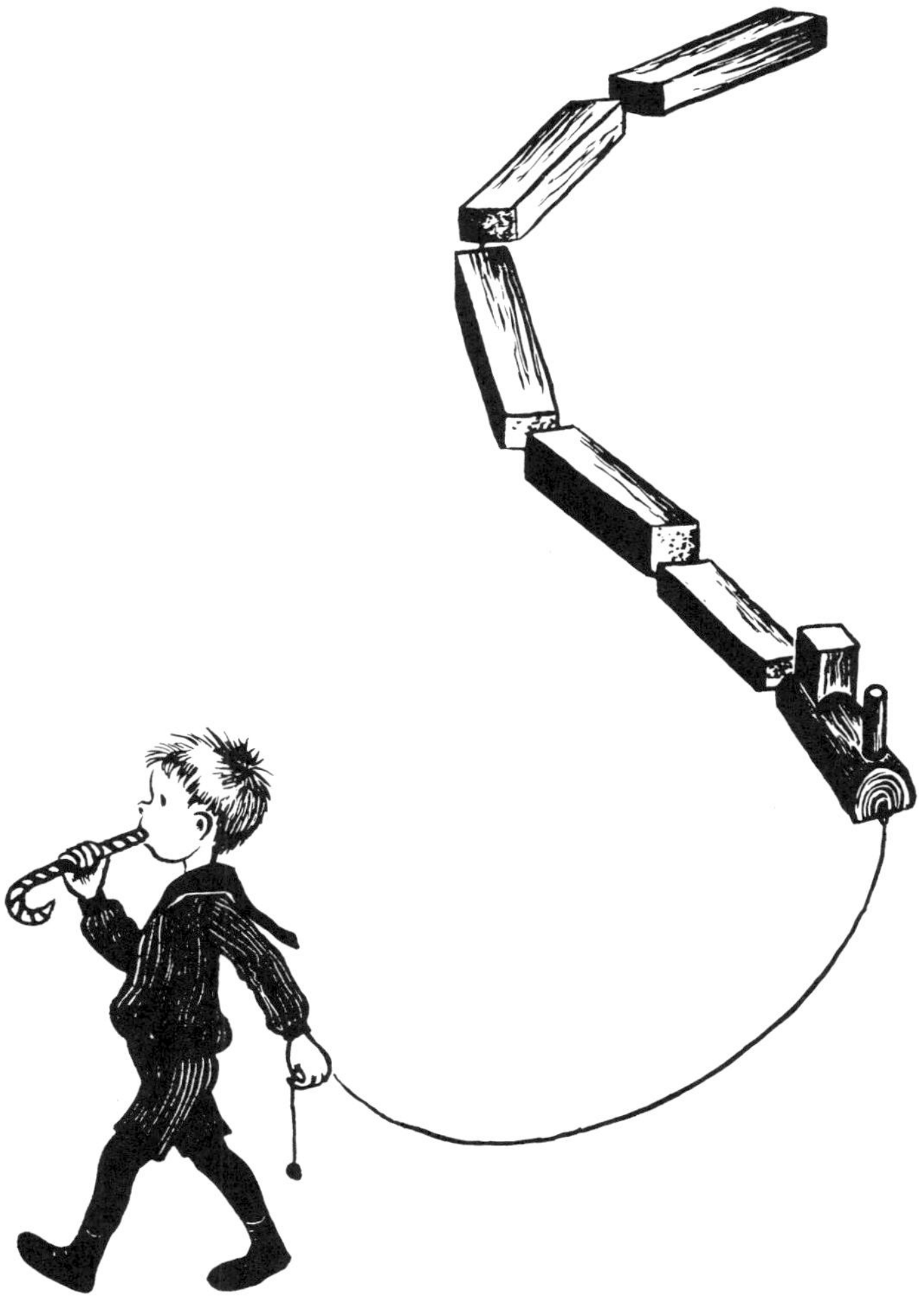

きました。「わたしたちにも、プレゼントがあるの？」

アイリとセイマへのプレゼントは、モミの木の小さな実《み》を黄色《きいろ》にぬって、ひもをとおしてつくったブレスレットでした。

「まあ、エルッキ！　とってもきれいだわ！」アイリとセイマはいいました。

エルッキは、お父さんとミッコに、たばねた木の枝《えだ》をわたしました。「たいしたプレゼントには見えないけれど」とエルッキはいいました。「これは、リンゴとサクラの木の枝《えだ》なの。だから、これでなにかつくってね。」

「ほう、これはすごい！」お父さんがいいました。

「じぶんでこんな枝《えだ》をさがしにいく時間《じかん》は、とてもなかっただろうからね。」
「ぼくにも、木彫《きぼ》りのしかたをおしえてね」とミッコがうれしそうにいいました。
お母さんには、ガラスの鉢《はち》をあげました。それは、だいどころの戸《と》だなのおくのほうで、ほこりにまみれたまになっていたものでした。けれど、エルッキはその鉢《はち》に、森で見つけてきたやわらかいコケをつめ、赤い小さな実《み》がいっぱいついているツルアリドオシのつるをさしておいたのです。

お母さんは、エルッキをだきしめました。

「とってもすてきよ！　だいどころのテーブルにおいて、いつでもみんなが見て楽《たの》しめるようにしましょうね。」

そのときとつぜん、ツリーのうしろをのぞいていたアーニが、大声《おおごえ》でさけびました。

「ねえ、このそりはだれの？」

9 とびきりすてきなクリスマス

「そりだって！」

エルッキは、あわてて ふりむきました。そりなんかつくりませんでした。でも、ほしくて、ほしくて、たまらなかったのです。なるほど、たしかに、アーニがツリーのうしろのほうから、きれいにニスがかかって、ひかった金具《かなぐ》がついたそりをひきずり出しています。〈快速《かいそく》フレキシブル号《ごう》〉です。まえのほうに、カードがさがっていたので、エルッキは、それにとびつきました。

それには、「エルッキへ、マッティより」と書《か》いてありました。

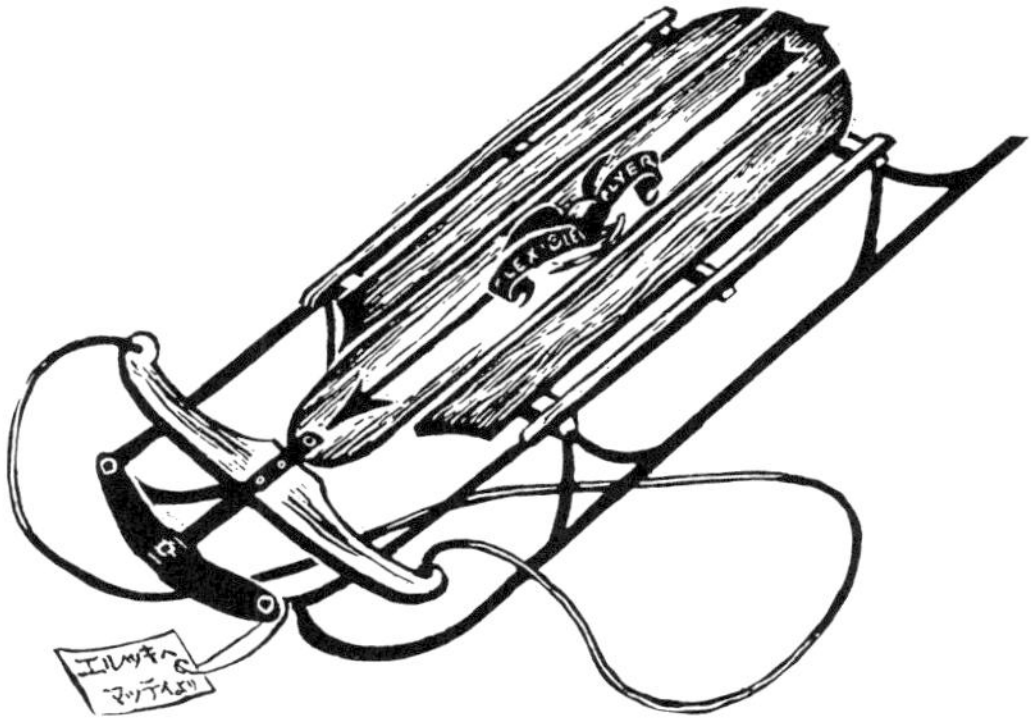

「だけど、どうして――」エルッキはいいかけました。

そのとき、部屋《へや》のドアが、ぱっとあきました。背《せ》のたかい若者《わかもの》が、しあわせいっぱいの笑顔をうかべてたっていました。「やあ、みんな、クリスマスおめでとう！」と若者《わかもの》は呼《よ》びかけました。

「マッティ、マッティ！」

「まあ、マッティ！」

マッティは、まっさきにお母さんをだきしめました。お父さんがマッティの背中《せなか》を

たたきました。子どもたちはマッティのまわりをおどりまわり、小さい子どもたちは、マッティの手にぶらさがったり足によじのぼろうとしました。

「元気なの？」

「いったい、どうしたの？」

「いつ、かえってきたの？」

「いままで、どこにいたの？」

「ひとつずつたのむ。そういちどにきかれても、こたえられないよ！」マッティはいいました。そして、お母さんをいすにすわらせ、子どもたちをしずかにさせてから、じぶんもすわりました。そのとたん、ラウリとエラナとエイノが、マッティのひざにのりました。

「ぼくは、航海《こうかい》していたんですよ、ただそれだけのことだったのだけど、うちに知《し》らせるてだてがなかったんです。ところが、船《ふね》のかじが故障《こしょう》して、予定《よてい》のコースからはずれてしまった。そのまま、三日《みっか》か四日《よっか》、漂流《ひょうりゅう》しているうちに、ほかの船《ふね》が見つけてくれたんです。その船《ふね》が、ぼくたちの船《ふね》をボストンまでひっぱってくれたんだけど、ずいぶん時間《じかん》がかかりました。きょうの午後《ごご》、グロスターについたばかりです。」

「ああ、マッティ」とお母さんがいいました。「クリスマスがほんとうはなんだか、わかったわ——おまえがこうしてぶじにかえってくれることよ。」

「グロスターからここまでかえってくるのに、けっこう時間《じかん》がかかってね。みんなをびっくりさせようとおもって家《いえ》に入《はい》ったら、ちょうど教会《きょうかい》にいってて、るすだった。そのとき、うしろからだれかが物置《ものおき》に入《はい》ってくるのがきこえたので、てっきりどろぼうだとおもったよ。そいつにとびかかろうとして、

まちぶせしていたら、エルッキがなにやらふしぎなことをしているところだった。」

「ぼくも、だれかがいるような気がしたんだよ！」エルッキはさけびました。

「とにかく」とマッティはつづけました。「おまえがみんなをびっくりさせようとしているようだったので、ぼくはそっと見ていたんだ。おまえがいそいで教会《きょうかい》へかえっていったあとで、ツリーの下のプレゼントを見つけたのさ。エルッキ、おまえは、すばらしい子だよ！」

みんながいっせいにエルッキのことをほめはじめたので、エルッキはすっかりてれて、くつの先《さき》のひかっている金具《かなぐ》を見つめるばかりでした。

「だけど、おまえはじぶんのプレゼントがなにもなかっただろう、だから、

おまえのそりを、ツリーのうしろにかくしておいたんだ。そのあとで、ドアのすきまからみんなのようすを見るのは、なかなかおもしろかったよ！」そういって、マッティはくすっと笑《わら》いました。「ほかの子どもたちにも、プレゼントを買《か》ってきたよ。こんなかしこい子が、ぼくのかわりをしてくれているなんて、知《し》らなかったからね。でも、店《みせ》で買《か》ったものばかりだ。エルッキがつくったものとは、くらべものにならな

ないけどね。げんかんホールにおいてあるよ。」

子どもたちは、さきをあらそってげんかんホールに出ていき、つつみをもってきました。ゲームや人形《にんぎょう》やおもちゃが入《はい》っていました。店《みせ》で買《か》ったプレゼントは、とてもりっぱでしたが、エルッキがつくってくれたプレゼントのほうが、ずっと心《こころ》がこもっているようにおもえました。

エルッキは、ツリーのてっぺんの銀《ぎん》の星《ほし》を見あげていいました。

「やっぱり、とびきりすてきなクリスマスだよ！」

訳者《やくしゃ》あとがき

『とびきりすてきなクリスマス』は、アメリカ北東部《ほくとうぶ》の海岸《かいがん》に面《めん》したマサチューセッツ州《しゅう》の小さな村に住《す》む、ある家族《かぞく》の物語《ものがたり》です。この地域《ちいき》には、みかげ石を切り出したり運搬《うんぱん》したりする仕事《しごと》につくために、フィンランドからわたってきた人が多かったのですが、主人公《しゅじんこう》エルッキの家族《かぞく》(作者《さくしゃ》のご主人《しゅじん》の家族《かぞく》がモデルだそうです)も、もとはフィンランドからの移民《いみん》でした。うちと教会ではフィンランド語を使《つか》うこと、サウナで蒸《む》しぶろに入ることなどに、フィンランドらしさがみられます。

クリスマスが近づいたある日、お兄さんがのっている船がゆくえ不明《ふめい》になったという知らせが入ります。一家は悲《かな》しみに沈《しず》みますが、お兄さんの無事《ぶじ》を祈《いの》りながら、クリスマス・ツリーをたて、ミンスパイを焼《や》いて、クリスマスを迎《むか》える準備《じゅんび》をします。エルッキは、みんなを喜《よろこ》ばせようと、ひそかになにかをつくりはじめました。クリスマス・イヴに火をともして窓《まど》べにおかれたろうそくは、ゆくえ不明《ふめい》の船の道しるべになるようにという家族《かぞく》のおもいがこめられているようです。はたして、エルッキがいちばん星におねがいしたように、とびきりすてきなクリスマスになるのでしょうか……。

作者《さくしゃ》のリー・キングマンはマサチューセッツ州《しゅう》生まれ。スミス・カレッジで学び、ホートン・ミフリン社の子どもの本の編集者《へんしゅうしゃ》になり、のちに子どもの本の書評雑誌《しょひょうざっし》『ホーンブック』の編集委員《へんしゅういいん》をつとめました。

キングマンは有名《ゆうめい》な絵本作家、ヴァージニア・リー・バートンの編集者《へんしゅうしゃ》であり、親しい友人でした。バートンは、『いたずらきかんしゃちゅうちゅう』『マイク・マリガンとスチーム・ショベル』『ちいさいおうち』『せいめいのれきし』など多くのすぐれた絵本の作者《さくしゃ》です。その一方で、近隣《きんりん》の女性《じょせい》たちのためにデザイン教室をひらいて、身近《みぢか》な植物《しょくぶつ》や動物《どうぶつ》、風景《ふうけい》などを図案化《ずあんか》し、リノリウム板《ばん》に彫《ほ》って布地《ぬのじ》に染《そ》めつける活動《かつどう》をはじめました。町の入江《いりえ》の名前をとって、フォリーコーブ・デザイナーズと名付《なづ》けられたグループの作品《さくひん》は、ナプキン、テーブルマットからカーテンや洋服生地《ようふくきじ》まで、デザインがユニークで美《うつく》しく、機械《きかい》にたよらず手づくりにこだわるところも高く評価《ひょうか》されて、全国《ぜんこく》から注文《ちゅうもん》が舞《ま》いこみました。

キングマンもメンバーとなり、バートン夫妻《ふさい》が住《す》む町に移住《いじゅう》し、かれらの友人ローバート・ナッティと結婚《けっこん》して、リー・ナッティの名前でたくさんの作品《さくひん》をつくりました。同時に、リー・キングマンの名前で『とびきりすてきなクリスマス』(一九四九年)などの物語《ものがたり》や絵本も書きました。(この本を翻訳出版《ほんやくしゅっぱん》した二年後にキングマンさんをたずねたとき、ご自身《じしん》やバートン作のデザインの作品《さくひん》をたくさん見せてくださり、グループの作品《さくひん》を所蔵《しょぞう》しているケープアン博物館《はくぶつかん》に案内《あんない》してくださいました。)一九六八年にバートンが亡《な》くなり、翌年《よくねん》にフォリーコーブ・デザイナーズが解散《かいさん》したあとは、児童《じどう》文学の執筆《しっぴつ》に専念《せんねん》し、『アレックと幸運《こううん》のボート』(一九八六年)など多くの作品《さくひん》を書きました。これは夏休みにボートレースでの優勝《ゆうしょう》を目指《めざ》して、必死《ひっし》で練習《れんしゅう》にはげむ少年アレックの、胸《むね》を打《う》つ物語《ものがたり》です（岩波《いわなみ》書店、山内玲子訳《やまのうちれいこやく》）。

さし絵のバーバラ・クーニーもアメリカを代表《だいひょう》する絵本作家で、はじめは『とびきりすてきなクリスマス』のように白黒の絵が主《しゅ》でしたが、やがて『チャンティクリアときつね』（一九五九年）と『にぐるまひいて』（一九八〇年）の色彩《しきさい》ゆたかな絵本で、コールデコット賞《しょう》をうけました。そのほか、『おつきさんどうしたの』『ルピナスさん』『ぼくの島《しま》』『エミリー』など、かずかずの絵本が日本でも紹介《しょうかい》されています。

友人の宮城正枝《みやぎまさえ》さんから一九八九年にこの本の原作をいただき、四十年も前に書かれたにもかかわらず新鮮《しんせん》な魅力《みりょく》にみちたこの作品《さくひん》を、日本の読者《どくしゃ》に紹介《しょうかい》することができました。それから二十七年ものあいだ美《うつく》しい装丁《そうてい》の単行本《たんこうぼん》として親しまれてきましたが、このたび岩波少年文庫《いわなみしょうねんぶんこ》としてあたらしい一歩をふみだすことになりました。これからも長く読みつづけられることを願《ねが》っています。

二〇一七年八月

山内《やまのうち》玲子《れいこ》

訳者　山内玲子

翻訳家。津田塾大学を卒業後，アメリカに留学。イギリスのケンブリッジに9年間在住。訳書に『妖精ディックのたたかい』(K. M. ブリッグズ作)，『妖精にさらわれた男の子――アイルランドの昔話』(W. B. イェイツ作，N. フィリップ編)，『アレックと幸運のボート』(リー・キングマン作)，『秘密の花園』上下(バーネット作)など。共著書に『イギリス』(新潮社)がある。20年にわたりイギリスの木口木版画を扱う〈あ・り・す〉を運営した。

とびきりすてきなクリスマス　　岩波少年文庫 241

2017年10月17日　第1刷発行
2021年11月25日　第2刷発行

訳　者　山内《やまのうち》 玲子《れいこ》

発行者　坂本政謙

発行所　株式会社　岩波書店
〒101-8002 東京都千代田区一ツ橋 2-5-5
電話案内 03-5210-4000
https://www.iwanami.co.jp/

印刷・精興社　カバー・半七印刷　製本・中永製本

ISBN 978-4-00-114241-9　　Printed in Japan
NDC 933　142 p.　18 cm

岩波少年文庫創刊五十年――新版の発足に際して

心躍る辺境の冒険、海賊たちの不気味な唄、垣間みる大人の世界への不安、魔法使いの老婆が棲む深い森、無垢の少年たちの友情と別離……幼少期の読書の記憶の断片は、個個人のその後の人生のさまざまな局面で、あるときは勇気と励ましを与え、またあるときは孤独への慰めともなり、意識の深層に蔵され、原風景として消えることがない。

岩波少年文庫は、今を去る五十年前、敗戦の廃墟からたちあがろうとする子どもたちに海外の児童文学の名作を原作の香り豊かな平明正確な翻訳として提供する目的で創刊された。幸いにして、新しい文化を渇望する若い人びとをはじめ両親や教育者たちの広範な支持を得ることができ、三代にわたって読み継がれ、刊行点数も三百点を超えた。

時は移り、日本の子どもたちをとりまく環境は激変した。自然は荒廃し、物質的な豊かさを追い求めた経済の成長は子どもの精神世界を分断し、学校も家庭も変貌を余儀なくされた。いまや教育の無力さえ声高に叫ばれる風潮であり、多様な新しいメディアの出現も、かえって子どもたちを読書の楽しみから遠ざける要素となっている。

しかし、そのような時代であるからこそ、歳月を経てなおその価値を減ぜず、国境を越えて人びとの生きる糧となってきた書物に若い世代がふれることは、彼らが広い視野を獲得し、新しい時代を拓いてゆくために必須の条件であろう。ここに装いを新たに発足する岩波少年文庫は、創刊以来の方針を堅持しつつ、新しい海外の作品にも目を配るとともに、既存の翻訳を見直し、さらに、美しい現代の日本語で書かれた文学作品や科学物語、ヒューマン・ドキュメントにいたる、読みやすいすぐれた著作も幅広く収録してゆきたいと考えている。

幼いころからの読書体験の蓄積が長じて豊かな精神世界の形成をうながすとはいえ、読書は意識して習得すべき生活技術の一つでもある。岩波少年文庫は、その第一歩を発見するために、子どもとかつて子どもだったすべての人びとにひらかれた書物の宝庫となることをめざしている。

（二〇〇〇年六月）